U0049099

暴風雨男孩

STORM BOY
暴風雨男孩

作者　　　　　插畫　　　　　譯者
柯林·提利　　羅柏·英潘　　趙永芬

暴風雨男孩住在庫榮[1]和大海之間，他的家就在從墨累河口彎向東南方的長長沙丘前端和灌木叢上。那是狹長的荒野地帶，遍地草叢、海風強勁，一邊是南澳洲庫榮地區平靜無波的淺灘，另一邊則是永遠波濤洶湧的南大洋，人們把這裡叫作「九十哩海灘」。海浪自數千哩外既冷又溼的世界底端湧至岸邊，然後向下拍擊，碎裂成壯觀的白色水花與霧氣。海水日夜不停翻滾、呼嘯，每當狂風捲起大浪沖擊海灘上的沙子，一道道白色浪花就像是鹽蛇一般在空中扭動、飛舞。

[1] 庫榮：位於南澳洲，與東南部名叫庫榮的潟湖相連。在高地勢的庫榮，可以俯瞰自墨累河口的南澳洲首府阿德萊德，一直延伸到北部金斯頓鎮長達八十七哩的大陸海岸線。

暴風雨男孩和他的父親「隱遁者」湯姆住在一起，他們的家是用木頭、枝條和扁平的舊錫板搭建而成的簡陋小房子。這間矮屋的地面是泥土，兩片髒污的玻璃算是窗戶，還有一個用爐管和金屬線做的彎曲煙囪。屋內夏熱冬冷，每當強烈的暴風雨吹彎莎草，將屋外的灌木叢吹得發出尖聲怪叫時，屋子也會隨之顫抖起來，不過暴風雨男孩在這裡過得很愉快。

　　隱遁者是個安靜、孤獨的男人，打從好多年前暴風雨男孩的母親去世時，他便離開了阿德萊德，到海邊過著猶如隱士的生活。聽說這個消息的人們都瞧不起他，叫他「海邊的流浪漢」。人們說他帶著一個四歲的小男孩，到如此荒涼又寂寞的地方生活實在很糟糕。不過暴風雨男孩和他的父親並不在意，父子倆過得很開心。

　　人們很少見到隱遁者和暴風雨男孩，他們父子倆偶爾才會搭乘自己的小船前往庫榮。一路上他們會先經過墨累河口奇特又蠻荒的水灣，然後是一些島和長滿蘆葦的淡水河岸，再經過澳洲鵜鶘、澳洲白鷺和個子高高的澳洲赤頸鶴，才來到古爾瓦這個名字活像是水鳥叫聲的小鎮。暴風雨男孩的父親會在鎮上購買成箱的罐頭食物，捲成一卷又一卷的繩子和釣線、新的襯衫和涼鞋、點燈用的煤油，還有一堆大包小包的東西，直到小船像是堆滿了垃圾。

街上的人好奇的盯著他們，並且用手肘輕推身邊的同伴。「那是湯姆，」他們說：「就是那個從海邊過來的流浪漢。他總算走出隱居的地方，有點改變了。」不久之後，人們都叫他「隱遁者」，甚至沒有人記得他真正的名字。

暴風雨男孩得到這個稱呼的由來，倒是和他父親不同。有一天，幾個露營的遊客穿過灌木叢要前往庫榮的另一側。他們把船扛到水邊，打算坐船到靠海那側的沙灘。可是天亮的時候，一波黑壓壓的暴風雨從西邊襲捲而來，在袋鼠島和傑維斯岬上空翻滾沸騰。暴風雨經過花崗岩島、布拉夫與艾略特港，直到它的閃電和黑雨向下橫掃而來，那批露營客才在飛雲和幽暗的天氣中奔過沙丘。他們其中一人在奔跑時突然停下腳步，用手指向雨幕的縫隙。

「大史考特！看哪、快看！」

一個男孩獨自在海灘上遊蕩，他看起來冷靜又滿足，還會不時停下來撿撿貝殼，或是跟一隻孤零零停在沙灘上的信天翁說話。那隻信天翁收著翅膀，頭部卻迎向愈颳愈大的風。

「那個男孩一定是迷路了！」那名露營客大喊，「快，把我的東西帶上船，我跑過去救他。」可是在他轉過身的時候，那個男孩已經不見了，到處都找不到他的身影。那

11

些露營的遊客急忙冒著暴風雨趕路，一抵達小鎮便發出警報：「事態緊急，有個小男孩在海灘那裡走失了，」他們吶喊著：「動作快，不然就來不及救他了！」可是古爾瓦的郵政局長露出微笑。「不必擔心，」他說：「他是隱遁者的小孩，你們在風暴中看見的男孩就是他。」

從此以後，人人都叫他「暴風雨男孩」。

唯一跟他們父子住得還算近的人，就是當地的原住民——指骨比爾。比爾是個體格結實、滿臉皺紋的老人，他的一口白牙鑲嵌在一張快活的黝黑臉孔上，滿是皺紋的皮膚看起來就像是一隻老舊的靴子。他在一哩外的庫榮海邊有一間矮屋。

指骨比爾懂得的事物比暴風雨男孩認識的任何人都來得多。他在隱遁者什麼都還沒看到的時候，就能指出水裡的游魚和天上的飛鳥。他能看出風、雲層和大海的天氣變化，也讀得懂沙丘和海灘上的奇怪痕跡，是來自甲蟲、老鼠、袋狸、食蟻獸、螃蟹、鳥的腳印，還是神祕的夜間滑沙客留下的。不久之後，暴風雨男孩已經學得夠多，足以寫滿一百本書了。

指骨比爾在他的矮屋裡收集了雜七雜八東西，有鐵鉤、鐵絲網、漂流木、皮革、少量的黃銅、船槳、空罐、繩子、破襯衫，還有一把老式散彈槍。他對擁有那把散

彈槍十分自豪，因為它仍然管用。那是一把前膛槍，指骨會在裡面裝一發火藥，再隨便把某個東西塞進槍管，然後用一團物體來固定。有一回，他找到一顆大大的玻璃彈珠，為了證明散彈槍管用，便用那顆彈珠射穿了木箱。不過暴風雨男孩只看過一次指骨比爾用槍殺死動物，那是一條體型宛如細長溪流的虎蛇，黑玻璃般的身體上有著燒紅煤炭似的紋路，那條虎蛇溜過草叢來到海邊，當牠朝著指骨比爾的船滑過水面時，指骨一把抓起他的散彈槍，將那條蛇打得稀巴爛。

「虎蛇是一號壞蛋，」指骨比爾說：「非殺死不可！」這件事讓暴風雨男孩終生難忘。事後過了好幾天，他看到的每根棍子都慢慢融化成黑色玻璃溜走了。

起初，隱遁者總是擔心暴風雨男孩會迷路。綿延的九十哩海灘，每個沙丘、草叢、灌木叢都和前一個長得一模一樣，如果男孩不懂得仔細辨識，很可能來回徘徊好幾個小時都找不到回家的定點，所以隱遁者想要在海灘上找個地標。

某一天，他發現海灘上躺著一大塊木材和漂流木，那是從一艘行經附近的船隻甲板上沖下來的，而且它幾乎跟高高的防波堤一樣厚實堅固。隱遁者和指骨慢慢把木材拖到矮屋附近的沙丘上，隱遁者先在木頭上砍出幾道凹

槽，然後在上頭再釘上一根小橫木。接著，他們在沙丘上挖了一個很深的洞，將那根桿子直直的插進去，然後再把洞口的沙土結結實實的踏平。

「好了，」隱遁者說：「現在這裡立了一根瞭望柱，你在大老遠的海灘上也看得見，這樣就不會迷路了。」

時間一年一年的過去，暴風雨男孩學到了許多東西。所有動物都是他的朋友 —— 所有的動物，但是不包括那個體型細長、會穿過沙子和莎草像玻璃似的傢伙。男孩在草叢下洞穴底部的洞裡，發現一隻小藍企鵝害羞的看著兩顆白色的蛋。當蛋裡孵出兩隻幼鳥時，牠們渾身裹著深色的絨毛，有如黃昏一樣柔軟。

「哈囉，企鵝夫人，」暴風雨男孩天天都這麼說：「今天妳那兩顆絨毛球還好嗎？」

小藍企鵝一點也不在意暴風雨男孩，牠沒有啄他，也沒有對他發出威嚇的聲音，反而沉著的坐在自己的尾巴上，用溫柔的眼睛看著他。

沙丘後面有個被風掏光篩盡的窪地，暴風雨男孩偶爾會在那裡找到一堆長長的白貝殼和小石頭，古老的貽貝，以及帶有曲線、螺紋且邊緣鋒利的破蛤蜊。

「一個古老的貝塚，」隱遁者說：「是原住民留下來的。」

「貝塚是什麼？」

「就是他們用來敲碎甲殼類動物的露營地點。」指骨在那裡佇立許久，凝視著那一大堆貝殼，思緒彷彿飄到了遙遠的地方。

「很久以前，黑人在這裡吃喝、紮營，」他有點傷心的說：「那時候這裡沒有白人，在數百、數千年以前，這裡只有黑人。」

暴風雨男孩注視著那一大堆的貝殼，想知道那是發生在多久以前的事。他能在腦海中描繪出那樣的場景……庫榮的沙丘上升起紅色營火，幾個黑人小孩在那裡，他們放聲高歌，丟棄的空貝殼掉落在貝殼堆上發出喀啦的聲響。他自顧自的想著，「假如現在是那時候的話，我就是個黑人小孩了。」

不過父親的聲音喚醒了他，於是他跑到海灘，幫忙挖出一大袋配茶的蛤蜊。等他們挖夠自己吃的分量後，又裝滿好幾袋子準備帶去古爾瓦，因為漁夫和觀光客都非常願意付錢給隱遁者買新鮮的魚餌。

暴風雨男孩像馬蹄鐵似的彎腰站著，彷彿正在玩青蛙跳；他的手指往沙裡又鏟又刮，鹹鹹的海水在他鼻子前方來回沖刷，他喜歡那股氣味，還有那漫長而流

暢的咻咻聲。他覺得好開心。

　　暴風雨男孩最喜歡沿著海灘來回漫步，特別是在隱遁者說的「大風吹」過後，那時所有的寶藏都會被狂風巨浪拋到空中。連綿寬廣的沙灘因為向後沖刷的海水閃閃發亮並且沙沙作響，他看見海洋生物在沙地上平躺，宛若墜落在一片玻璃上——各式各樣的雜草和不同顏色的海帶，冷冰冰的白色墨魚、海膽和海星，死掉的小海馬僵硬得像是上過漿似的，還有數十種貝類——唐冠螺，筆螺，紡錘螺，峨螺，邊緣是紫色的海螺，有稜紋、螺旋形的芝麻螺，豎起鈍刺褶邊的骨螺，像綿密泡沫般易碎的鸚鵡螺，偶爾還會有閃亮且優美的黃寶螺，底部像上色的瓷器一樣光滑又粉紅。

　　有些地方的沙子被大風吹得皺起波紋，變成鱗片般堅硬又平滑的漣漪。暴風雨男孩喜歡邊走邊用他光溜溜的腳丫子在上面磨蹭，或是踮起腳尖在凹凹凸凸的涼涼沙灘上保持平衡。

　　男孩長大後變得柔和又吃苦耐勞，一整年裡他大多都穿短褲和襯衫，頭戴一頂破爛的湯姆·索耶[2]帽。不過等到冬天的風從南極洲狂掃而來，含著冰的風把他的臉頰舔成冰冷平滑的鵝卵石，那時他就穿上父親那件能蓋到腳踝的厚外套，接著豎起衣領，讓兩隻手隱藏在大

[2] 湯姆·索耶：馬克·吐溫作品《湯姆歷險記》書中的主角。

21

Robert Tappa '74

大的口袋裡，然後再度走到屋外，感覺自己溫暖得就像住在洞裡的企鵝。暴風雨男孩無法忍受待在屋內，他很喜歡冷風的鞭子，那鹹鹹的水花打在臉上刺刺的，感覺像是挨了一巴掌，還有不斷沙沙作響消失在他腳邊的碎浪。

因為暴風雨男孩是生活在暴風中的男孩。

與隱遁者和指骨兩人的小屋相隔一段距離的庫榮地區，周邊的土地已經設為保護區，任何人都不准傷害生活其中的鳥類。不准用槍射殺鳥類，不准獵人用假鳥當誘餌或用網子、鐵絲網等陷阱捕鳥，就連帶著狗也不允許，所以那個區域的水面和海濱總是有鳥類拍打翅膀而泛起陣陣漣漪。

清晨時分，高大的鳥兒站起來拍動翅膀為朝陽喝采，到處都是洗澡的聲音──開心的潑水聲、撲通聲、窸窸窣窣的聲響，聽著活像是海濱變成了五哩大的澡堂，有成千上萬個忙碌的傢伙在一起咕嚕咕嚕的漱口、吹泡泡。牠們有的在水面上，有的貼著水面，有的在水底下，有些則是身體一半在水面上一半在水面下。有些水鳥剛剛潛入水中，有些則是剛剛冒出水面，還有些是打算離開正準備要起飛，用扁平的大腳奔過水面，激烈的搧動雙翼，使出渾身的力氣蹬腳。有些翩然飛來想要降落的鳥

兒，則用翅膀猛力煞車，張開大大的蹼足，準備一降落就滑過水面。

到處都是縱橫交錯的漣漪、波浪和飛濺的水花，暴風雨男孩感覺到生命的刺激和神奇。他經常曲起膝蓋用雙手托著下巴坐在岸邊一整天，有時候，他好希望自己生來就是一隻白鷺或是鵜鶘。

不過有時候，暴風雨男孩也會看到令他傷心的事。雖然當地設有警語和告示，人們卻依然在傷害鳥類。在開放漁獵的季節，持槍的獵人一路追趕受傷的鴨子到庫榮。有的人會趁夜摸黑偷偷闖入保護區，等天一亮就射殺鳥兒，之後再鬼鬼祟祟的快速離開。參觀的遊客也四處踐踏，他們踢翻鳥巢、打碎鳥蛋，有些帶著步槍的人還自稱是運動員，在找不到東西可以射殺的時候，就跟同伴打賭誰能射中站在岸邊的無辜白鷺、紅冠水雞或是蒼鷺。他們把鳥兒當成練習靶，在射中獵物時笑著說：「射得好。」然後轉身就走，讓死去的鳥兒倒在地上，任風吹亂牠的羽毛。要是鳥屍掉落的地點距離不遠，那些人就會走過去用腳翻過屍體，就這樣讓牠們仰躺在地上。

暴風雨男孩跑回家把事情告訴他父親時，隱遁者生氣的嘀嘀咕咕，指骨也拍了一下他上膛的散彈槍說：「下次我會在槍裡裝上鹽！那些傢伙要是再來，我就朝他們的

尾巴發射鹽彈，讓他們無處可逃。」

看到暴風雨男孩笑了，指骨亮出他的一口白牙對隱遁者眨眼睛，因為他們都不喜歡看到暴風雨男孩一臉難過的樣子。

暴風雨男孩沿著海灘散步、登上沙丘，或是走入保護區時，鳥兒一點兒也不害怕，因為牠們知道男孩是朋友。鵜鶘們像是許多舉足輕重、垂著沉重啤酒肚的老人家一樣，在沙丘上排排坐，鳥喙還噠噠作響的打著招呼。紅冠灰水雞喋喋不休的騷動著；白鷺彎彎的鳥喙奮力的上下擺動，把空氣削成一條條細絲；澳洲赤頸鶴像是一尊高高瘦瘦的雕像，當暴風雨男孩走過牠身邊時，牠一直莊嚴而沉默的站在原地。

可是有一天的早晨，暴風雨男孩發現那裡變得吵鬧喧囂、混亂不已。三、四個年輕人進入了保護區，他們找到幾個用樹枝、青草和像火雞羽毛一樣大的鵜鶘羽毛做成的寬大而粗陋的鵜鶘窩，殺死了兩隻在那裡築巢的大鳥。他們用靴子發瘋似的把所有東西踹得散落各處，而且還一邊狂踢一邊大聲嚷嚷，再撿起白色的鳥蛋四處亂丟，直到把每顆蛋都砸碎，他們才哈哈大笑著離開。

暴風雨男孩又氣又怕的爬過去，他爬到一個草叢後面，悲傷的望著眼前一片狼藉的景象。正當男孩打算跑回

去叫指骨用鹽巴填滿他的老式散彈槍時，一陣窸窸窣窣的微弱沙沙聲和鳴叫聲傳了過來，在殘破鳥巢的樹枝和青草底下，躲著三隻鵜鶘幼鳥——牠們還活著。暴風雨男孩小心翼翼的抱起牠們，匆匆趕回隱遁者所在的家。

兩隻鵜鶘寶寶的狀況看起來相當好，不過第三隻已經傷得奄奄一息。牠的身上到處都是瘀傷，而且傷勢嚴重、軟弱無力，就連餵牠吃東西時，牠也虛弱得幾乎抬不起頭來，只要暴風雨男孩或隱遁者的手一放開，牠的頭就會立刻垂落到地上。

「我猜牠是活不了了，」隱遁者說：「牠太小，又傷得太重。」

就連老指骨也搖了搖頭。「那些壞蛋殺死了大鵜鶘，我想小傢伙這下子是活不成了。」

「牠不可以死，」暴風雨男孩不顧一切的說：「不可以，絕對不可以！」

男孩用一條隱遁者的圍巾，裹起那渾身是瘀傷的小身體，然後把牠放在火爐邊。一整天，男孩就這樣看牠躺在那裡，不時乏力的動一動，或是張開嘴無聲的哀鳴。每過一會兒，男孩就從瓶子裡倒出一滴隱遁者以前買給他的魚肝油，然後設法讓它慢慢流入鳥寶寶的喉嚨。

夜幕降臨了，暴風雨男孩依然每個小時都盯著生病

的小鵜鶘看，直到隱遁者堅決要他上床睡覺才離開。可是暴風雨男孩睡不著，夜裡他一次又一次的溜下床，躡手躡腳的穿過泥土地來到壁爐前，只為了確保鵜鶘寶寶夠暖和。

到了早上，牠仍然活著。

三天後，鵜鶘寶寶的身體已經好到可以坐起來討食物吃了。那時，牠的兩個哥哥總是時時餓得張開大嘴，不過牠們的年紀還太小，鳥喙下的喉囊也就是捕魚網，尚未長好。

「從牠們老是轉頭跟我討食物的模樣看來，」隱遁者說：「別人會以為我是鵜鶘爺爺。」

「你當然是啦，」暴風雨男孩告訴他：「因為牠們的父母都死了。」

「牠們不要以為我可以花所有的時間幫牠們捕魚。你看那傢伙坐在那裡的德性，簡直就像這個地方是牠的地盤。」

「喔，那是驕傲先生。」暴風雨男孩說。

「你好啊，驕傲先生。」隱遁者向那隻鵜鶘鞠躬行禮，然後搔了搔牠的頭頂。「請問你兄弟叫什麼名字呢？」

「那隻是沉思先生，」暴風雨男孩說：「牠很有智慧又嚴肅。」

庫榮原是土著 Ngarrindjeri 人的家園，因自然資源豐美，曾是澳洲人口最稠密的地區之一，在殖民者還未來到前，數千年以來，他們過著與大自然親密和諧的生活，並擁有豐富的文化。提利非常佩服原住民的智慧，書中的指骨比爾懂得的事物比任何人都來得多，他不僅教會男孩生存的技法，更教會他打開心靈之眼，體驗世界的變化。

這個故事出版過許多版本，還數次改編成舞台劇和電影。本書於一九六四年出版，兩位對家鄉同樣充滿了無盡熱情和真誠讚美的作者，首度攜手合作，這也是圖畫書大師羅伯·英潘童書創作生涯成功的開始，他第一次為童書繪製插畫，以詩意的畫風完美的描繪了景觀，為故事注入更充沛的生命力。

當世界的變動越來越快速，樂園已然不再，這個故事成為一則現代寓言，警示著我們要及時覺醒，一起思考也一起努力，為了環境保育和文化資產維護的理想，我們還能做些什麼？孩子是未來世界的主人，為了未來的守望者，這本經典好書，因而有了跨越時代永存的意義。

世界經典書房

神啊，你在嗎？
美國文學傑出貢獻獎章作家作品
茱蒂·布倫／著
謝靜雯／譯

「皮克威克奶奶」系列 1 － 4 冊
美國兒童文學經典
貝蒂·麥唐納／著　劉清彥／譯

小偵探愛彌兒
德國兒童文學之父
耶里希·凱斯特納經典代表作
耶里希·凱斯特納／著
姬健梅／譯

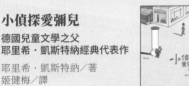

朵貝·楊笙 × 愛麗絲夢遊仙境
Alice Adventure in Wonderland
路易斯·卡洛爾（Lewis Carroll）／著
朵貝·楊笙（Tove Jansson）／繪
王欣欣／譯

繼承人遊戲
40 週年經典紀念版
紐伯瑞金獎作品
艾倫·拉斯金（Ellen Raskin）／著
黃鴻硯／譯

銅山國王
國際安徒生大獎提名作家
荷蘭金筆獎代表作
保羅·比格爾／著
賴雅靜／譯

illustration
© Robert Ingpen

暴風雨男孩 特刊

爲了未來的守望者

莊世瑩（童書作家）

　　《暴風雨男孩》故事的所在地庫榮，是澳洲最重要的溼地區之一，以珍稀鳥類、魚類和植物棲地而聞名。一九六〇年初，本書作者柯林‧提利和友人，從古爾瓦鎮步行到墨累河口，途中見到廣闊而孤立的水景和沙丘，激發了他書寫這個故事的靈感。

　　提利的家族從德國移民到南澳經營農場，在入學之前，他只會說德語，農場的生活被孤獨籠罩，但他一點也不覺得寂寞，因爲他從小就熱愛寫作，總是寫個不停，形式涵蓋了詩歌、散文、小說、廣播劇等文類，一生完成一百多本作品，而《暴風雨男孩》不僅是最知名的一本，更被譽爲「澳洲最偉大的書籍」之一。

　　他寫作的泉源來自心中那個「永遠的小孩」，童年的經驗讓他相信，孤獨對人類精神來說是必需的，人們可以在孤獨中找到更好的自己。就像暴風雨男孩、他的父親「隱遁者」

和原住民「指骨比爾」，他們雖然過著遺世而獨立的生活，內心卻擁有平和、善良的信念，絲毫不畏世俗譏諷的眼光。

　　這個交織著夢想和毀滅的故事，自一九六四年出版後，深深觸動了好幾個世代讀者的心。提利創造了有趣的角色和流暢推進的情節，更重要的是：他的文字能喚起讀者強烈的情感，他對人性的洞察力，以及對自然細膩的觀察，讓人覺得他的筆下一切都是眞實的，讀者因此與故事緊密相連。

　　提利除了是作家，也是傑出的教育家，和兒童長期相處，讓他重視孩子的情緒和反應。這個故事講述了暴風雨男孩和鵜鶘無條件的友誼，描寫生活的歡樂和悲傷、自然的壯麗及脆弱，同時也揭示了人類殘忍、愚蠢的面貌，但即使邪惡勢力會入侵這個世界，他還是希望孩子能從閱讀中得到力量，學會用自己的雙腳站立在風暴中。

（文未完）

「那個小不點呢？」隱遁者問：「牠是啾啾叫先生嗎？」

　　「不是，牠是波希瓦先生。」暴風雨男孩輕輕捧起裹在圍巾裡的鵜鶘，把牠抱到自己的腿上。「牠傷得很重。」

　　「歡迎，」隱遁者說：「現在鵜鶘爺爺還是趕快去捕魚比較好，不然三位鵜鶘先生就沒茶可喝了。」說完，他才轉身朝自己的船走過去。

　　這就是驕傲先生、沉思先生和波希瓦先生跟暴風雨男孩一起生活的經過。

過不了多久，三隻鵜鶘已經長得又大又壯了。牠們白皙的脖子乾淨俐落的彎起，嘴下的喉囊長出來了，而且牠們的鳥喙好像是閃閃發亮的粉紅色珍珠貝殼。每天清晨，牠們都會展開鑲著黑色粗邊的巨大白色翅膀，繞小屋和附近的海灘飛行三、四圈，確保新的一天一切都井然有序。等三隻鵜鶘覺得早餐時間到了，牠們就會重重降落在小屋旁邊，充滿威嚴的往前邁步，在後門外排隊等待。如果隱遁者和暴風雨男孩仍在睡覺，這三隻鳥會很有禮貌的靜候片刻，等屋裡傳出走動或是打招呼的聲音；要是一點動靜都沒有，再過五到十分鐘，驕傲先生和沉思先生就會開始不耐煩，用鳥喙發出抗議的聲音──喀嚓喀嚓、喀噠喀噠──就像乾燥蘆葦稈發出的劈哩啪啦聲響，直到有人醒來為止。

「好了！好了！」暴風雨男孩會昏昏欲睡的說：「我聽見你的聲音了，驕傲先生！」男孩坐起身，看著三位紳士在門外排排站接受校閱。

　　「我知道你在想什麼，沉思先生。可敬的人該起床了。」

　　「可敬的鵜鶘也該自己張羅早餐了，」隱遁者開口抱怨，「不要只是跟朋友討東西吃。」

　　隨著日子一天天過去，他說的確實是真心話。

　　終於，隱遁者嚴厲的對暴風雨男孩說了這番話。

　　「驕傲先生、沉思先生和波希瓦先生，必須回到牠們出生的保護區，我們實在養不起牠們了。」

　　暴風雨男孩很難過，但他向來清楚父親什麼時候心意已決。「我知道了，爸爸。」他說。

　　「我們把牠們放在大魚籃裡，」隱遁者說：「然後用船載牠們過去。」

　　「好的，爸爸。」暴風雨男孩垂著頭回答。

　　他們先抓住驕傲先生，接著是沉思先生，將牠們的翅膀貼在身側，然後穩穩的放入魚籃。驕傲先生和沉思先生對這個方案不太滿意，對著隱遁者劈哩啪啦的吵嚷，不高興的打理牠們亂掉的羽毛，還隔著魚籃的柳條用黃色眼睛向外怒視。

「哈！」隱遁者笑著說：「看來我們得罪了兩位紳士。不過沒關係，這一切都是為牠們好。」說完，他先後對驕傲先生和沉思先生鞠躬致意。

可是輪到波希瓦先生的時候，暴風雨男孩實在不忍心看牠被關起來。自從奇蹟似的救活波希瓦先生以來，牠一直是暴風雨男孩最偏愛的那一個。牠總是比兩個哥哥更安靜、更溫柔，也更加信任自己。暴風雨男孩抱起牠，撫平牠的羽毛，然後將牠緊緊摟在懷中。

「可憐的波希瓦先生。」他輕聲說著，然後抬頭看向父親。「我來抱波希瓦先生，」他問：「爸爸，這樣可以嗎？」

「哦，也好，」隱遁者說著便提起兩個籃子，「走吧，出發的時候到了。」

隱遁者航行到距離保護區五哩的地方才停船。

「我們到了。」他終於開口這麼說。

隱遁者打開兩個籃子，放出驕傲先生和沉思先生。「你們走吧，」他說：「現在你們得自己照顧自己了。」隱遁者催促牠們離開。兩隻鵜鶘高高的飛上天空，劃出一道寬闊的弧形，隨即飛向海岸。

「現在輪到波希瓦先生了。」他說。

暴風雨男孩將頭靠向波希瓦先生的頭，最後再輕輕

摟了一下他的朋友。「再見了，波希瓦先生，」男孩不得不停頓一秒鐘清清嗓子，「你要做個……做個好鸕鶿。波希瓦先生，好好照顧自己。」

男孩將鳥舉過船側，然後將牠放到水面上，彷彿牠是一隻巨大的橡皮鴨。波希瓦先生看起來既驚訝又痛苦，隨著起伏的波浪漂浮了一分鐘之久，才展開牠的大翅膀，兩腳使勁踩踏，慢慢的飛離水面。

暴風雨男孩用指節抹過雙眼，然後轉過頭，不想讓父親看見自己的臉。

隱遁者和暴風雨男孩捕了一整天的魚。今天天氣晴朗、陽光燦爛，但是不知道怎麼回事，總覺得有點冷颼颼的。他們大部分的時間都坐在上下晃動的船上沒有說話，不過暴風雨男孩知道父親對自己的想法一清二楚。有時候隱遁者會奇怪的看他一眼，有一回他甚至還謹慎的清了清嗓子，然後眺望遠方的水面，用詭異的爽朗語調說：

「嗯，不曉得三位鸕鶿先生現在感覺怎麼樣，我敢打賭牠們肯定開心得不得了。」他一臉難過的看著暴風雨男孩，然後繼續捕魚。

「是啊，一定是這樣。」暴風雨男孩說完，也繼續傷心的捕魚。

接近黃昏時分，他們收拾東西準備回家了。夕陽拋

出一百萬面金色鏡子，在水面上形成一條金色通道。陽光照耀著裸露的沙丘，也照亮了草叢和灌木叢，直到每根莖梗和樹枝閃耀著橘紅色的光芒。小船伴隨著細浪咯咯的笑聲滑向岸邊。

忽然，暴風雨男孩抬頭往上看。

「你看，爸爸！快看哪！」他大喊。

隱遁者先把小船拖上岸，才抬頭注視暴風雨男孩手指的地方。「看什麼？」

「看啊！你看！」暴風雨男孩喊著。

在一處大沙丘上，豎立著一根直衝天際的瞭望柱，那是隱遁者和指骨在多年前一起設置的。在那根柱子的頂端，出現了一個偌大的身影，牠靜靜的停在上頭，就像是圓柱上的雕像——一隻石頭做的鳥。

過了一會兒，似乎是聽見了暴風雨男孩吃驚的聲音，那個身影突然展開巨大的雙翼，就這樣飛上天空。落日餘暉照射在牠身上時，牠的鳥喙和鑲著黑邊的翅膀，在光芒照射下熠熠生輝。那個瞬間，牠看起來就像是一隻魔法鳥。暴風雨男孩向前狂奔，仰著頭一邊叫喊一邊揮手。

「波希瓦先生！是波希瓦先生，波希瓦先生回家了！」

當天晚上是個快樂的團圓夜，就連隱遁者似乎也為波希瓦先生的歸來暗自竊喜。

「是的，我想牠應該可以留下來，」隱遁者說：「只要驕傲先生和沉思先生不要也跟著回來就行了。一隻鵜鶘的食欲已經夠可怕了，我們絕對應付不來三隻鵜鶘。」

雖然暴風雨男孩也愛驕傲先生和沉思先生，但他發現自己非常希望牠們不要回來。牠們確實也沒有回來。隨著日子一天天過去，牠們只是偶爾掠過天際，也會降落在海灘上逗留一段時間，但是最後總會回到保護區。

可是波希瓦先生就不一樣了，牠幾乎不肯離開暴風雨男孩的身邊。

不管暴風雨男孩去什麼地方，波希瓦先生都會緊緊跟在他身邊。如果男孩沿著海灘撿拾貝殼，波希瓦先生就搖擺著自命不凡的腳步跟在他腳邊，不然就是在他頭頂上繞著大圈慢慢的飛來飛去。如果暴風雨男孩跑去游泳、滑下沙丘，或是在沙灘上玩耍，波希瓦先生就會在附近找個好地點歇歇牠沉重的身軀，邊看邊等男孩做完他要做的事。如果暴風雨男孩去庫榮潟湖抓魚或划船，波希瓦先生就會仰著脖子、挺起胸膛，開心的在男孩周圍飛翔，有如一艘安穩航行在空氣之海的龍船。當牠看見暴風雨男孩下錨停船，波希瓦先生就會立刻向下滑翔，濺起高高的水花，然後收起抖乾的翅膀，在幾碼外滿是漣漪的水面上安靜的隨波搖晃。

「噢，波希瓦先生，你真是個高貴的老紳士。」隱遁者笑著說。

「你應該戴上一頂大禮帽或燕子領，再加上一副眼鏡，這樣你或許就可以上教堂講道，或是教主日學了。」

可是波希瓦先生只是把頭偏向一邊，等待隱遁者丟一塊魚肉，或是兩、三條魚到牠的大喉囊裡。

指骨和隱遁者都很高興暴風雨男孩找回了波希瓦先生。

「牠比看門狗更好，」指骨說：「不太會跑，但是能飛。」

「牠甚至能像狗一樣追逐東西，」隱遁者說：「你等著瞧吧！」

這是真的。有一天暴風雨男孩在沙灘上打球，他們才頭一回發現波希瓦先生是個很厲害的捕手。那顆紅黃相間的球，是隱遁者從古爾瓦買回來的。暴風雨男孩猛力投出一球，那顆球彈跳了一下，便衝著波希瓦先生飛過去。

「小心！」暴風雨男孩高聲呼喊。

可是波希瓦先生不但沒有閃開，反而快速上前兩、三步，「啪」的一聲叼起那顆球放進囊袋裡。暴風雨男孩嚇壞了，他氣喘吁吁的衝向波希瓦先生。

「你不能吃球，」他喊道：「這是橡膠，不是魚！別

吞下去，你會噎到的！」

　　波希瓦先生非常認真的聽他說了一分鐘，牠的腦袋比平常更歪向一邊，張開大大的鳥嘴露出狡猾的笑容。然後牠向前跨出一步，讓球掉落在暴風雨男孩的腳邊，活像是一隻銜回獵物的獵犬。

　　從此以後，暴風雨男孩便常常和波希瓦先生在沙灘上玩耍。每當他丟球、光滑的鵝卵石、海膽，或是舊的釣竿捲線軸，波希瓦先生都會叼起來再送回去。男孩偶爾也會把東西扔進水裡，那時波希瓦先生會先用牠明亮的眼睛仔細觀察之後才飛出去，降落在正確的地點，再把獎品從水中撈出來。看到這個場面的暴風雨男孩會笑著拍手，用手指上下撫摸波希瓦先生的頸背。波希瓦先生非常喜歡這種撫摸，但唯一一個讓牠更喜歡的，就是一頓美味的鮮魚大餐了。

　　有一天，隱遁者在看著他們玩耍時突然想到一個主意。

　　「如果牠能把東西銜回來給你，說不定也能把東西叼走。」隱遁者給波希瓦先生一個鉛錘和一截短短的釣魚線。「好，把這個拿給暴風雨男孩，」他說：「就是那個傢伙。」

　　一開始波希瓦先生還搞不清楚狀況，不過經過多次嘗試，牠總算讓鉛錘掉落在暴風雨男孩的腳邊。隱遁者和暴風雨男孩都高興得鼓掌，並且撫摸波希瓦先生的頸背，還賞牠一塊魚肉。波希瓦先生看起來既開心又神氣。

接下來，隱遁者請暴風雨男孩站在淺水中，再次玩起同樣的遊戲。過沒多久，波希瓦先生已經可以銜著鉛錘和釣魚線飛向暴風雨男孩，再讓東西掉落到他身邊。不過牠總是指望著每次玩過以後都有魚可吃。

　　這個遊戲他們玩了好幾個星期，有時候是暴風雨男孩站在水中，有時候是隱遁者站在水中，直到波希瓦先生能夠毫無困難的銜走釣魚線並且讓它掉進海裡。之後，當庫榮吹起來自北方的海風，海象漸漸平穩、沉悶，隱遁者就會走到遠離岸邊的地方，讓波希瓦先生練習銜著長長的釣魚線給他。

　　「這真是太棒了，」隱遁者回來時一邊拍手一邊笑著說：「現在波希瓦先生可以幫我抓魚了，牠可以幫我把石首魚釣魚線帶到外海。」說完，他搔了搔波希瓦先生的脖子，又賞了牠一條魚吃。「波希瓦先生，你跟中國那種很會捕魚的鳥一樣聰明。」說著，隱遁者開心的笑了，暴風雨男孩也露出笑容，波希瓦先生更是洋洋得意。在那天剩下的時間裡，牠的嘴一直發出劈哩啪啦、啪嗒啪嗒的咀嚼聲。

　　隨著時間過去，人們開始談論暴風雨男孩和波希瓦先生的事。野餐客、獵物督察員和路過的漁夫看見他們相處的模樣，開始到處說起了閒言閒語。

「那隻鵜鶘像隻狗似的到處跟著他，」古爾瓦的老山米・史蓋爾說：「我跟你說，這真是太瘋狂了。」

「要不是我親眼見到了，」郵政局長說：「我一開始還不相信會有這種事。」

後來，越來越多人親眼見證了這件事。原來隱遁者和暴風雨男孩去了一趟古爾瓦，波希瓦先生不知道發生了什麼事，只是一路上在他們的前後左右飛來飛去，等他們慢慢接近小鎮，牠才降落在河上耐心等候，直到看見小船發動、準備回家為止。

聽說過這件事的人都前來觀看。

「就像狗一樣，」山米・史蓋爾說：「太瘋狂了，我跟你說，總有一天，全世界都會知道這件事。」

後來發生的一件事，證明了他的說法。

那是颳起強烈風暴的一年，劇烈的天氣從五月就開始了，那時就連冬天都還沒開始呢。從南極洲吹來的狂風似乎迷失了方向，它們一路呼嘯、尖叫、咆哮著瘋狂找路。

六月，它們將莎草夷為平地，又將多年來蜷縮在沙丘頂上的灌木叢連根拔起，還掀掉小屋的一塊鐵板。隱遁者在牆上綁鐵絲，又拿漂流木和石頭壓著屋頂。

七月，狂風澈底失控。三個巨大風暴從南方席捲而來，第三個風暴恐怖至極，它把橫掃而來的大量海水捲上山巒，再將之搗碎成泡沫，再猛力拋向岸邊。海浪像滾動

的鐵道路堤直達隱遁者和暴風雨男孩所住的沙丘，海水對他們狂鞭猛扯，彷彿想一起帶走他們似的。布比亞拉灌木叢被壓彎、折斷，小屋簌簌發抖、不停晃動，就連波希瓦先生也不得不躲進屋裡，以免被風吹走。

入夜之後，隱遁者拿了根長棍卡住門口，又往床舖上多蓋了幾件衣服。

「可以的話，還是早點睡比較好，」他對暴風雨男孩說：「到了早上，小屋說不定就被風暴吹到庫榮的另一邊了。」

在清晨的黑暗中，暴風雨男孩忽然被耳邊隱遁者的聲音驚醒。

「暴風雨男孩，快起來。」他說。

暴風雨男孩跳了起來。「小屋被吹走了嗎？」

「不是，有船遇難了！」隱遁者說：「海岸附近有艘船翻了。」

暴風雨男孩穿上兩件父親的外套，跟著他走到外面的沙丘頂端。在東方天際露臉的日頭宛如一團乳白色的污點，而眼前的世界則是一片白色的怒吼。隱遁者把嘴湊近暴風雨男孩的耳朵，用手指著前方。

「你瞧！」他大喊：「就在那邊！」

暴風雨男孩凝神注視，看見一個黑影出現在白茫茫的畫面中，那是指骨比爾，他正站在沙丘頂端緊抓著瞭望柱。

「是一艘拖船。」他大聲吆喝。

「觸礁了！」隱遁者大喊。

指骨點了點頭。「風暴太強了，」他大吼：「拖船上那些可憐的傢伙⋯⋯」他搖了搖頭，「太可憐了！」

等到早晨終於降臨這個世界，他們才把那艘拖船看個一清二楚。它像隻受傷的鯨魚躺在海中，巨浪不斷拍打、衝擊船身，濺起跳著魔鬼舞蹈的白色水花。

「他們根本來不及游泳或是放下救生艇，」隱遁者說：「他們唯一的希望就是拉一條到岸上的線。」

「沒有人拉線到海上，」指骨說：「今天沒有。」

「是啊，」隱遁者難過的說：「等到一切明天就太遲了。」在驚濤駭浪平靜的空檔，偶爾能看見三、四個人緊緊攀著拖船在揮手求救。

「你看他們，」暴風雨男孩大叫，「我們一定要幫他們！不然他們會淹死的。」

「要怎麼幫？」他父親說：「我們又不能拋一條線過去，距離太遠了。」

「有多遠？」

「太遠了，至少有兩、三百碼。」

「沒有一個黑人能把矛丟得那麼遠，」指骨說：「就連一半的距離也丟不到。」

「要是連著一條線又更難了，我們需要一把魚叉槍。」

「我就算丟顆石頭也丟不到四分之一的距離，」暴風雨男孩說完，撿起一顆鵝卵石使勁的拋向大海，石頭在海岸附近掉了下來，「看吧。」他說。

突然，一對大翅膀「嗖」的一聲從他們身邊飛過，波希瓦先生飛到那顆鵝卵石掉落的位置。牠花了一分鐘注視浪花的泡沫，彷彿是在玩銜回石頭的老遊戲。接著牠改變了主意，掉頭回來降落在沙灘上。

暴風雨男孩大喊一聲奔向牠。「波希瓦先生！波希瓦先生做得到！牠會飛！」

隱遁者聽懂了男孩的意思，他衝回小屋找出兩、三條和線一樣細的長長釣魚線。他把釣魚線綁在一起，然後仔細又輕巧的把它們纏繞在一個乾淨的硬沙塊上。他在一頭綁上一塊輕的鉛錘，然後將它交給波希瓦先生。

「飛到船那裡，」說完，他伸手指了指船，還做了拍打翅膀的動作。「把它帶去船那邊。」

要在這麼糟糕的天氣抓魚，波希瓦先生對這個主意表現出困惑與驚嚇，但牠還是拍打著翅膀，盡可能的飛升到海面上。

「飛到船那邊！飛到船那邊！」他們全都大聲喊著，可是波希瓦先生聽不懂意思，牠飛向遙遠的另一邊，把釣魚線丟進海裡又飛了回來。

「失敗了。」隱遁者失望的說。

「不過這次的嘗試不錯。」暴風雨男孩在波希瓦先生降落時這麼說。他給牠一條魚吃，又搔了搔牠的脖子。「好孩子，」他說：「好孩子，波希瓦先生，一會兒我們再試試看。」

可是他們又失敗了。這次波希瓦先生直直朝拖船飛了過去，可惜飛得不夠遠。

「沒關係，」暴風雨男孩說：「你願意試試看，真是一隻好鵜鶘。」他將波希瓦先生當成大鴨子似的摟著，又餵牠吃了一條魚。

他們一次又一次的嘗試，也一次又一次的失敗。一開始，船上的人不了解他們在做什麼，但很快就猜到了，他們滿懷希望的屏息注視著每一次的嘗試。

暴風雨男孩與隱遁者雖然失望，但他們絕不放棄。波希瓦先生也一樣，牠飛出去再飛回來，飛出去再飛回來，一直飛到第十次時終於成功了。一陣強勁的風忽然將牠高高托起拋向一邊，牠奮力將大翅膀往上甩，接著在拖船上方急轉彎時丟下釣魚線，而它正好掉在即將沉沒的拖船兩側。

「你做到了！你做到了！」看見波希瓦先生降落在沙灘上，暴風雨男孩、隱遁者和指骨不約而同的齊聲大喊：「你是一隻勇敢又聰明的好鵜鶘。」他們輕輕拍著牠，

餵牠吃魚，並且在牠身邊不停跳著舞，不過可憐的波希瓦先生卻渾然不知自己做了什麼美妙的事，只是興奮的用嘴發出劈哩啪啦、啪嗒啪嗒的聲響，咧著大嘴好像在笑的模樣，吃下比之前更多的魚。

拖船的救援行動現在才正要展開。拖船的船長及時抓住了掉落的釣魚線，等待下一波巨浪過去，才把釣魚線綁在一條長長的細繩圈末端。船長動作輕柔的把釣線放到海裡，然後對隱遁者和指骨揮手示意，要他們開始拉線。他們必須非常小心，要是釣魚線卡住，或是他們拉線的力道太猛，就有可能會拉斷釣線，那麼一切又得重新開始了。

幸好他們很幸運，在海中浮沉的細繩總算慢慢從逆流中冒出頭來。指骨跑到海裡抓住線繩，激動的跳舞又揮手。這時，拖船船長把一根粗線綁在那條細繩上，船員們在巨浪和浪花不斷沖擊船身的同時持續放鬆繩子，並且拚命的緊緊抓住船身。

不久之後，暴風雨男孩、指骨和隱遁者將繩子的末端拉上岸，接著他們迅速將繩子拖上沙丘的瞭望柱，隱遁者再一圈又一圈的將繩子牢牢纏在柱子上。與此同時，船員已經繫好他們那一頭的繩子，並且把繩子栓牢在一把簡陋的吊椅上。一個男人綁著繩子跳入海中，並且示意隱遁者拉動細繩。救援行動開始了。

海水衝向身上綁了繩子的男人，猶如長了白牙的猛獸般又抓又咬。偶爾繩子垂到最深處，巨浪便把人捲到底下。眼看呼嘯的海水包圍了那條繩子，暴風雨男孩感覺得到繩子受到了多大的衝擊與震動。不過那個男人設法在波浪中呼吸，而且總能抓著繩子再度安全冒出水面。隱遁者和指骨奮力拉繩，直到兩人的腳深深陷入沙子裡，而且他們胳膊上凸起的肌肉，看起來就像是他們正在拉的繩子。就這樣，他們終於越過波濤洶湧的海水將一個人拖上岸。男人上岸後解開繩索，全身癱軟的趴在沙灘上。他渾身發抖、筋疲力竭，可是安全無恙。暴風雨男孩跑到海岸邊，將他攙扶到小屋休息。

　　這個時候，其他船員將簡陋的吊椅拖回船上，換另一個人準備被拉上岸。在他之後是第三個，虛弱的男人腳步蹣跚的走上海灘。

　　「快呀！」他說：「船要解體了，但船上還有三個人。」隱遁者滿頭大汗，指骨也喘了口大氣，兩人繼續把腳埋在沙子裡使勁拉繩子。

　　「動作快！」他們不停喘氣，「船要四分五裂了。」現在已經有五個人安全上岸，只剩下船長一人了。接著，船長離開了拖船，他們又開始繼續拉繩。船長是個大塊頭，他沉甸甸的身體壓著繩子，隱遁者和指骨幾乎耗盡了力氣。突然間繩子繃得死緊，一陣抖動之後，繩子又鬆

弛下來。

「快！」隱遁者大喊：「船在移動。」

暴風雨男孩一把抓起繩子，幫著又拖又拉。

「快啊！」船長大聲嚷著：「船要沉了。」

一、兩個還有力氣的船員抓起繩子幫忙拉，合力將船長慢慢拉上岸。臉色慘白、差點淹死的船長倒在海灘上。

「得救了！」他虛弱的不停說著：「被一個奇蹟和一隻鵜鶘救回一命。」

隱遁者和指骨將船長和那五位船員留在小屋裡度過一天，請他們吃熱騰騰的食物，並且替他們烘乾衣服。次日一早，風暴逐漸遠離，陽光照耀著整個庫榮潟湖，於是隱遁者開始打點小船，準備載他們六人到古爾瓦。

他們離開之前，船長把隱遁者拉到一邊。

「你們救了我們，」他說：「你和你的黑人朋友，特別是你的孩子和那隻鳥，我們想做點什麼來報答你們的救命之恩。」

隱遁者覺得很難為情，「不用這麼在意。」他說。

「可是我們討論過，」船長說：「也做出決定了。我們想出錢供你的孩子上學 —— 上阿德萊德的寄宿學校。」

隱遁者很悲傷。「他會非常寂寞的，我也是。他會想念這裡的風和浪，尤其是波希瓦先生。」

「不要緊，」船長說：「他今年是十歲還是十一歲？他就要長大成人了，卻不會讀書寫字，不讓他上學是不對的。」

　　隱遁者低下了頭。「沒錯，你說得對，他應該要去上學。」

　　可是當他們喚來暴風雨男孩，把船長的計畫告訴他時，男孩不願意接受。「不要！」他嚇壞了，「我不要離開波希瓦先生！我不要！」

　　「可是暴風雨男孩……」

　　「除非我可以帶波希瓦先生一起去上學。」

　　「你知道你不能那麼做！」

　　「那我就不要上學。」

　　船長聳了聳肩。「好吧，」他對隱遁者說：「或許再過一陣子吧，我們永遠都會為他在學校留個位子。」接著他向大家道別，然後搔了搔波希瓦先生的脖子。「你是一隻了不起的大鳥，」說著，船長抬頭看向隱遁者，「等牠死了以後，你一定要把牠送到博物館，我們會在展示櫃上貼個『救了六條人命的鵜鶘』的標籤。」

　　隱遁者飛快的看了看四周，很高興暴風雨男孩沒聽見船長說的話。

那一年剩下的時光，大家都過得很開心。風暴回到寒冷的南方，陽光溫暖了沙丘，春天奔至鄉間，讓植物長出新葉，灌木冒出嫩芽。不久之後，獵鴨的季節又開始了。獵鴨的射手在庫榮四處走動，他們的槍聲在水面上迴盪，火藥的臭味飄浮在靜止的空氣中，有如一團腐爛的黑色煙霧。早晨時分，鳥兒的哀鳴與尖叫不絕於耳，有時暴風雨男孩還會看見鳥兒墜落，或是牠們硬撐著受重傷的身體向西邊飛行，尋求保護區的庇護。

打從一開始，波希瓦先生就很討厭那些拿著獵槍的射手。可能的話，牠隨時隨地都會去騷擾他們。有時候牠只是坐著粗暴的盯著他們看，盯到他們不耐煩的趕牠走為止；有時候牠則故意討人厭的游到他們隱藏的小船附近，

直到他們拿水潑牠或是發出噪音。不過大部分的時候，牠都像一架笨重的老式飛機，在那些人躲藏的地方繞著好大的圈子來回巡邏。牠做的這一切都是為了幫助鴨子，希望及時警告牠們，讓牠們遠離那些射手，這樣可怕的槍聲才不會響得那麼頻繁，也能少幾隻中彈而死的鴨子。

用不了多久，鴨子都看懂了波希瓦先生的警告，會遠遠避開危險，也讓射手們感到愈來愈氣憤。

「又是那隻該死的大肚子老鵜鶘，」他們說：「牠比在魚網裡的海豹更可惡。」

「牠就像是空中的間諜，」其中一個人說：「有牠在天上飛來飛去，我們永遠也射不到一隻鴨子。」

日子就這樣一天天過去，直到二月的一個可怕早晨。暴風雨男孩站在沙丘高高的山脊上，眺望太陽像一枚熾熱的硬幣蹦出海面。接著他轉頭望向陸地，看見兩個射手蹲在庫榮附近一叢彎垂的布比阿拉灌木叢後面，一動也不動的等待水面上的六隻鴨子游得更靠近一點。就在這個節骨眼上，波希瓦先生乘風而至，低空飛過那兩個人的頭頂，使得鴨子忽然一陣嘎嘎驚叫，強而有力的猛拍翅膀，隨即快速的低低飛越水面。

兩名氣瘋了的射手大聲怒吼，其中一人跳出灌木叢高舉獵槍，瞄準波希瓦先生。暴風雨男孩看見時大聲叫喊。

「不要！不要開槍！牠是波希……」

巨大的槍響淹沒了他的聲音。波希瓦先生似乎是一邊飛一邊顫抖，彷彿撞到一堵玻璃牆似的，沉重且不自然的墜落到地上。暴風雨男孩拔腿朝那個地點狂奔，一路上跌跌撞撞，不是倒在草叢上，就是跟蹌的掉進窪地，再一躍而起繼續奔跑。他跑得氣喘吁吁、不停哭叫，呼吸聲和啜泣聲混在一起，心臟也怦怦狂跳。

「波希瓦先生！他們射了波希瓦先生！」他不斷叫著：「波希瓦先生！ 波希瓦先生！」

可憐的波希瓦先生！暴風雨男孩跑到牠身邊時，牠還努力想要站起來走路，卻張著一邊的翅膀，虛弱得向前倒了下去。鮮血沾溼了牠胸前雪白色的羽毛，牠喘得有如剛剛打完一場辛苦的球賽。

「波希瓦先生！噢，波希瓦先生！」暴風雨男孩說不出其他的話。當他緩慢而溫柔的抱起牠時，嘴裡也一再的重複叫著牠的名字，然後一路跑回小屋。

暴風雨男孩哭著衝進屋裡時，隱遁者正在準備早餐。

「波希瓦先生！他們開槍射了波希瓦先生！」

大吃一驚的隱遁者轉過身，丟下手上的湯匙，跑出去要找出那幾個射手，但他們早已不見蹤影。那些人羞愧又害怕的急忙跑到庫榮的另一側，駕車離開了。

隱遁者氣憤的回到家之後，才輕柔的從暴風雨男孩手裡接過波希瓦先生，仔細的為牠檢查傷口──擦拭胸口，撫順牠翅膀上碎裂的羽毛。波希瓦先生有氣無力的抖動牠的鳥喙，並且急促的喘著氣。

　　「牠……波希瓦先生會……沒事嗎？」暴風雨男孩艱難的問出這句話。

　　隱遁者默默把受傷的鳥交還給男孩，接著看向門外那條射手們消失無蹤的遠方小徑。他實在是一句話也說不出來。

　　暴風雨男孩一整天都抱著波希瓦先生。好久以前，男孩在簡陋的壁爐前面第一次照顧渾身瘀傷的鵜鶘寶寶，使牠死裡逃生，如今他卻一動也不動的安靜坐著。指骨試圖讓他振作起來，隱遁者拿早餐和午餐給他吃，但暴風雨男孩只是搖了搖頭繼續坐著，麻木且安靜。男孩不時會順一順纏在一起的羽毛，或是拉直無力的翅膀，不過他清楚知道發生了什麼事。波希瓦先生的呼吸輕淺而急促，身體和脖子逐漸下垂，而且每次眼睛閉上的時間拉得愈來愈長。突然間，波希瓦先生再度睜開雙眼，眼神是那麼清晰而明亮，牠輕輕的張開嘴，露出一種悲傷、虛弱的笑容，然後又睡著了。

　　「波希瓦先生，」暴風雨男孩輕聲說：「你是我這輩子最棒、最棒的朋友。」

午茶時間到了，太陽漸漸下沉，長長的影子一點一點從窪地向上移動。高高的沙丘頂端，一時之間在夕陽餘暉下閃著金光，但一會兒過後也失去了光采，變得一片漆黑。隱遁者沒有點燈，他們三個待在小小的壁爐前面——隱遁者、暴風雨男孩和波希瓦先生——在小屋被黑暗籠罩的同時，夜空中出現了清澈、純淨如冰的點點繁星。

　　九點的時候，波希瓦先生死了。

　　隱遁者在這時才有了動作，他輕輕站起來，非常非常溫柔的抱走暴風雨男孩懷裡的波希瓦先生。暴風雨男孩將牠放開後，才頹然倒在自己的床上輕聲抽泣。他哭了好幾個小時，直到隱遁者走過來，把手放在他的肩膀上。

　　「你為波希瓦先生傷心痛哭一段時間是對的，暴風雨男孩，」他親切而堅定的說：「但是不要一直悶悶不樂。」

　　「可、可是他們為什麼要射波……波希瓦先生？牠沒有……沒有傷害任何人，只、只是像以前一樣警告鴨子而已。」

　　「這個世界上總是有些殘忍的人，」隱遁者難過的說：「就像世界上總是也有懶惰、愚蠢、明智或是善良的人一樣。今天你已經看到殘酷又愚蠢的人會做出什麼樣的事了。」

　　他拉了一條毯子蓋在暴風雨男孩身上，然後悄聲說：

64

「現在，你多睡一下吧。」

可是暴風雨男孩沒有睡著，他整晚躺在床上，緊抓著溼溼冷冷的枕頭。

到了早上，隱遁者找暴風雨男孩談話。

「那些船員會安排波希瓦先生在博物館陳列的事，」他說：「還會在說明中提到牠如何救了他們的性命，以及牠是如何失去自己的生命。你覺得這麼做好嗎？」

暴風雨男孩搖了搖頭。「波希瓦先生不會喜歡這樣做的，」他說：「牠不會想讓人關在玻璃櫃裡盯著看。永遠不會！」

說完，他抓起鏟子，爬到大沙丘頂端的瞭望柱旁。

「波希瓦先生會想葬在這裡，」他說：「葬在瞭望柱的腳邊，這是永遠屬於牠的地方。」說著，他開始挖了起來。

隱遁者點點頭，然後拿起一把鐵鍬，跑上沙丘幫忙挖洞。

他們把波希瓦先生深深埋在金色沙丘頂端的瞭望柱旁，下方就是海灘，日夜都有閃亮的沙子和嘩啦嘩啦作響的鹹鹹海水 —— 四周圍繞著廣闊的天空，野外強烈的氣味，還有灌木叢中狂野寂寞的風。當他們完工後，暴風雨男孩站立許久，默默注視周遭的一切，然後轉頭看

向隱遁者。

「好吧，」男孩說：「如果你想的話，我現在準備好了。」

「準備好了？準備好什麼？」

「上學啊！就像那些船員說的。」

「哦！哦，是啊⋯⋯那很好。」

隱遁者知道現在波希瓦先生不在了，暴風雨男孩不可能有辦法住在那裡，至少得過好一陣子才行。

他們一起慢慢走下沙丘，回到小屋。

「我們把小船停在古爾瓦幾天，」隱遁者說：「我也得陪你去一趟阿德萊德，幫你安頓下來。」

這就是暴風雨男孩上學的經過。隱遁者回到位在庫榮旁的小屋後，便開始等待學校放假的漫長時光。現在，你能見到他在那裡。白天，指骨偶爾會過來跟他聊天，可是到了晚上，他會獨自一人站在瞭望柱旁凝視大海和西方暴風雨的雲層；而一百哩外的阿德萊德，暴風雨男孩坐在寄宿學校的窗邊，盯著窗外翻來覆去的大樹和颶風的天空。

所有的一切都還活在他們的心中——風的話語、海浪的聲音、沙灘上的痕跡、庫榮、海灘上鹹鹹的味道、小屋，以及他們一起度過的漫長幸福時光。在他們頭頂上的天空，在他們的心靈之眼裡，永遠都能在風暴的雲層和飛

掠的雲彩中看見那對巨大的翅膀 —— 那對鑲著黑邊的白色
翅膀 —— 展開著飛過天際。

像波希瓦先生那樣的鳥兒，並沒有真的死去。

世界經典書房

暴風雨男孩
Storm Boy

作　　　　者　柯林・提利（Colin Thiele）
封 面 插 畫　羅伯・英潘（Robert Ingpen）
譯　　　　者　趙永芬
封 面 設 計　達　姆
內 頁 排 版　翁秋燕
協 力 編 輯　葉依慈
責 任 編 輯　巫維珍

國 際 版 權　吳玲緯
行　　　　銷　何維民　吳宇軒　陳欣岑　林欣平
業　　　　務　李再星　陳紫晴　陳美燕　葉晉源
編 輯 總 監　劉麗真
總 經 理　陳逸瑛
發 行 人　凃玉雲
出　　　　版　小麥田出版
　　　　　　　10483 台北市中山區民生東路二段 141 號 5 樓
　　　　　　　電話：(02)2500-7696
　　　　　　　傳真：(02)2500-1967
發　　　　行　英屬蓋曼群島商家庭傳媒股份有限公司
　　　　　　　城邦分公司
　　　　　　　10483 台北市中山區民生東路二段 141 號 11 樓
　　　　　　　網址：http://www.cite.com.tw
　　　　　　　客服專線：(02)2500-7718 ｜ 2500-7719
　　　　　　　24 小時傳真專線：(02)2500-1990 ｜ 2500-1991
　　　　　　　服務時間：週一至週五 09:30-12:00 ｜ 13:30-17:00
　　　　　　　劃撥帳號：19863813　　戶名：書虫股份有限公司
　　　　　　　讀者服務信箱：service@readingclub.com.tw
香港發行所　城邦（香港）出版集團有限公司
　　　　　　　香港灣仔駱克道 193 號東超商業中心 1 樓
　　　　　　　電話：+852-2508-6231
　　　　　　　傳真：+852-2578-9337
馬新發行所　城邦（馬新）出版集團【Cite(M) Sdn. Bhd. (458372U)】
　　　　　　　41-3, Jalan Radin Anum, Bandar Baru Sri Petaling,
　　　　　　　57000 Kuala Lumpur, Malaysia.
　　　　　　　電話：+603-9056-3833
　　　　　　　傳真：+603-9057-6622
　　　　　　　電郵：services@cite.my
麥田部落格　http://ryefield.pixnet.net
印　　　　刷　漾格科技股份有限公司
初　　　　版　2021 年 12 月
售　　　　價　380 元

國家圖書館出版品預行編目 (CIP) 資料

暴風雨男孩 / 柯林．提利 (Colin Thiele)
著；羅伯．英潘 (Robert Ingpen) 繪；
趙永芬譯 . -- 初版 . -- 臺北市 : 小麥田
出版 : 英屬蓋曼群島商家庭傳媒股份有
限公司城邦分公司發行 , 2021.12

　面；　公分 . -- (故事館 ;)
譯自 : Storm boy
ISBN　978-626-7000-16-8(平裝)

887.1596　　　　　　　110013786

城邦讀書花園
www.cite.com.tw
書店網址：www.cite.com.tw